后浪·陕西省第二期"百优"作家丛书

南山下

王 琪-著

陕西新华出版
陕西人民出版社

图书在版编目（CIP）数据

南山下 / 王琪著 . —西安：陕西人民出版社，2024.1
ISBN 978-7-224-14930-2

Ⅰ.①南… Ⅱ.①王… Ⅲ.①诗集 – 中国 – 当代
Ⅳ.①I227

中国国家版本馆 CIP 数据核字（2023）第 082485 号

出 品 人：	赵小峰
出版统筹：	王亚嘉　党静媛
责任编辑：	党静媛
责任校对：	解小敏
装帧设计：	白明娟
版式设计：	蒲梦雅

南山下
NANSHAN XIA

作　　者	王　琪
出版发行	陕西人民出版社
	（西安市北大街 147 号　邮编：710003）
印　　刷	中煤地西安地图制印有限公司
开　　本	880 毫米 ×1230 毫米　1/32
印　　张	7.875
字　　数	176 千字
版　　次	2024 年 1 月第 1 版
印　　次	2024 年 1 月第 1 次印刷
书　　号	ISBN 978-7-224-14930-2
定　　价	49.00 元

如有印装质量问题，请与本社联系调换。电话：029-87205094

代序

时代向前,后浪奔涌

陕西省作家协会主席、陕西文学院院长 贾平凹

纵观中国当代文学的发展格局,陕西文学创作底蕴深厚,果实丰硕。一代又一代作家的继承与接续,使陕西文学在众声喧哗的多元文化轰鸣中,有着振聋发聩的独特力量。

时代的呼唤,激起层层后浪。对中青年作家的扶持和培养,是加强陕西文学人才队伍建设、特别是做大做强"文学陕军"品牌的必行之路,也是陕西省作家协会响应陕西文化强省建设的重要之举。2021年底,陕西省第二期"百优"作家遴选完成,集结了一批有担当、有作为、有学识、有激情的中青年作家。这些年轻一代作家在汲取优秀传统文化的基础上,不断打破写作土壤板结,在创作视野、题材和手法上寻求新的突破,展现出新时代的精神气象。

为了加大精品扶持和宣传推介力度,集中展示并扩大

"百优"作家优秀作品的传播力和影响力,激发作家的创作活力,由陕西省作家协会指导、陕西文学院具体组织编选了这套"后浪·陕西省第二期'百优'作家丛书"。丛书从第二期"百优"作家近三年创作的作品中遴选出10部具有代表性的优秀作品,涵盖了长篇小说、中短篇小说、报告文学、诗歌等体裁,充分展示了第二期"百优"作家对文学艺术的坚守与追求,展现了年轻一代"文学陕军"蓬勃的创作活力与丰厚的文化情怀。

时代向前,后浪奔涌。第二期"百优"作家虽还年轻,但在文学追求和写作技法上,已经积蓄了强大厚实的力量。愿我们的年轻作家承前浪之力,扬后浪之花,秉承崇高的文学理想,赓续陕西文学荣光,勇挑陕西文学事业由高原向高峰攀登的重担,让源远流长的陕西文学之河浩浩汤汤、蔚然奔流!

2023 年 7 月

目录

第一辑　目极之处

拜杜甫草堂 / 003

过终南 / 005

岚河 / 007

江边辞令 / 009

孤岛镇 / 011

悟真寺内 / 013

十里铺 / 015

河湾记 / 017

桑树坪，暮春 / 019

别小城 / 021

小城郊外 / 023

勾蓝村小记 / 025

上甘棠村的午后 / 027

凤凰广场 / 029

麻斋圩 / 031

西去途中 / 033

桃花岛上 / 034

登稷山 / 035

夜宿大背岭 / 037

乍到八里庄 / 039

天池 / 041

醉饮 / 043

那年，在固原 / 045

这行将结束的一天 / 047

十月颂 / 049

在那高高的岭上 / 051

目极之处 / 053

云朵飞过 / 055

银南 / 056

格尔木河 / 057

密语 / 058

那个早晨 / 060

月亮湖，日暮下 / 062

别洛河 / 064

郊野 / 066

开春，致广龙大兄 / 068

怡园 / 070

沿着干涸的河床行走 / 072

雅布赖路上的落日 / 074

隔岸，看天鹅湖 / 076

说起青藏 / 078

郊外辞 / 080

初夏小记 / 082

长亭 / 084

第二辑　春秋事

渭南以东 / 087

致敬 / 089

三河口冥想 / 091

河畔 / 093

打暮春而过 / 095

烛火 / 096

冷风吹 / 098

车子在飞奔 / 100

回忆之诗 / 101

过月亮山，忆故人 / 102

过小镇 / 104

秦东致辞 / 106

又逢岁末 / 108

如果我一直往前走 / 110

广场上 / 112

小站：罗敷 / 114

去小镇看花 / 116

告路人 / 118

秋末回乡记 / 120

赵渡镇的黄昏 / 122

暮秋，与友人过故园 / 124

风吹万朵花开 / 126

过渭河南岸 / 128

寻常巷陌 / 130

旧事记 / 132

南山下 / 134

春渐深 / 136

当大雾褪去 / 138

南山记 / 140

长亭外 / 142

给秦东写信 / 144

离别辞 / 146

遗忘之词 / 148

不负此情 / 150

罗敷小镇一侧 / 152

十年后,再致家父 / 154

暮色 / 156

小区之夜 / 158

雪要落下 / 160

繁星 / 162

第三辑　被云朵追赶

鸟巢　/ 165

飞渡峡里的鸽子树　/ 167

大树村的正午　/ 169

黎明时分　/ 171

下午的信札　/ 173

酒后叙事　/ 175

失眠者　/ 177

关于一只咕咕鸟　/ 179

未知的春语　/ 181

故居　/ 183

灯火之外　/ 185

时间之伤　/ 187

疏离　/ 189

宿命　/ 190

醉醒之后　/ 191

在一处群雕前　/ 193

抒情的雕艺 / 195

深冬帖 / 197

石头有它自己的远方 / 199

苦夏 / 201

被云朵追赶 / 202

雪后初霁 / 203

暮雪里 / 204

天比之前更冷了 / 206

天亮了 / 208

风雪事 / 210

阑珊处 / 212

月亮湾侧记 / 214

访文庙 / 216

倾听者 / 218

无月 / 220

旧书，兼致可田兄 / 222

钟声响起 / 224

春日，罗敷镇 / 226

湖边琐忆 / 228

雪原　/ 229

结束的篝火晚会　/ 230

登铁钟坪　/ 231

听风　/ 233

晨曦之上　/ 235

后记　/ 237

第一辑 目极之处

我沉默的眼眸深处
一盏明明灭灭的佛灯,守护着牧归的人
从对面的山坡,正缓慢走下

拜杜甫草堂

杜老先生，我迟来一步
当我怀着敬意，独自走过浣花溪畔
为你抚琴的，有美人作陪
淙淙而流的数千年光阴，绕过庭院内竹林去了异乡
人群熙攘之外，我终难觅到先生生前踪迹
这令我看到你无助时的失意、彷徨

杜老先生，试问
你羸弱的躯体如何穿越冰冷夜色
戚然而悲愤的眼眸，又如何看透尘间旧事
那茅屋那秋风那歌子，吟诵起来又是怎样的荡气回肠
春深似海的日子，我不曾迟疑和顾虑什么
但亭榭外，熏香的风被阵阵传送着

古老而饱满的花草年年旺盛着

再次重申,相比于别处,我更偏爱于
草堂内条条通向幽静之处的小径
偏爱万佛楼上登高远眺时发出的喟叹:
"今我归草堂,成都适无虞。"
柴门已不是从前的柴门
大雅堂亦无笔墨丹青,浅浅的光线
一寸一寸氤氲着雾霭围拢的庭院

此刻的锦官城内外春和景明
穿过绿荫掩映的前院,后人雕铸的那尊铜像前
面对杜老先生漠然的表情
我肃立凭吊。我多想把半生的苦楚,像他一样
统统咽进肚子,仍一言不发

——原载《广州文艺》2020年第3期

过终南

都说终南无捷径
此行过终南,山势对峙并相互叠加
蔓草沿着陡峭生长
莽莽峰峦,为一只雄鹰飞跃而过
而一群由北向南的赶路者,穿梭在谷底与险滩之间
他们不一定与河水同行
却要在飞光与流影间完成一次春天的叙说

向罩上山头的霞光致敬
向这里的石头、草莽和隐士致敬
就是向终南致敬,向众神致敬
他们假如从不屈从内心的召唤
过终南,就是向大自然进行倾诉

向徘徊在悬崖深处不朽的尸骨和魂灵忏悔

山野空旷，硕大的云彩投下巨大的阴影
保持沉默的人随云彩行走天上，把阴影交还大地
而这弯曲的枯树，天空无形的臂膀
有人甘愿把命运交给终南
而不过问失声的雁鸣，为凉风搀扶
藉此奔向古老的时辰

野坡岭一道一道横亘着，似要阻隔了他们行程
这颇为宁静的终南深处
桦树和白皮松默不作声，像要预谋一场什么事件
令他们频频张望，频频回首

——原载《广州文艺》2020年第3期

岚河

沿岚河中游南行,翻越两道岭
一座山谷赫然出现,花朵盛开着,一路迎风绽放
茅竹簇拥着,坚持姿势向上
鸣唱不止的鸟儿在空旷处,在望不到尽头的莽林里
歌吟出晨间的散淡与欢愉

山路弯曲,但见珙桐生长在高处
而低处的洋芋花、草丛和蜂群,一直在低处
我以青苔般的语言,向身边卑微的事物
献出鲜嫩碧绿的诗句
向万里山河,说出无法抑制的欣喜和忧伤

春光不老,我们就不曾老去

一片浮动的祥云下,开始奔跑的静物

碑文留不住,沙沙作响的密林留不住

那么羞愧!旧事中难以愈合的疤痕

像老屋后院斑驳的印记

双桥无人走过,灰楼阁发出浓浓的霉味

那棵古槐垂下的古老铁钟

和在此居住的每个人,似有某种

秘不可言的关联

——原载《广州文艺》2020 年第 3 期

江边辞令

夜色深浓,裹不住长江两岸一袭华丽
楼群高耸,但将一座城市直立起来
潮湿的江风,吹起我们的衣角和发梢
欢呼雀跃的人,仰望着夜空和各自的远方

一座桥恢宏的气势凌空而来
在我们行程必经的港口、灯辉和暮春之外
烟火气息浓厚,仍在持续进行
这撩人心扉而又有点奢侈的夜生活
对于习惯觥筹交错的人来说,才刚刚开始

沿江访问一座城市,需要排除异己
放下疲累和伤痕,与亲爱之人结伴同行

白日戴上的假面具,请你摘掉

忙碌中的脚步,请你歇一歇

宿山城夜夜笙歌,悲欢的况景就要很快收场

如果我明日一去不归,唯愿山城安好,诸事顺遂

河流缓慢。河流缓慢地流向天边

她带给一座山城的荣耀今非昔比

而心底泛起波澜的人无法平静

等待潜入夜色的那一刻

——原载《广州文艺》2020 年第 3 期

孤岛镇

总有一段路,需要在夏日独自走完
五更已过,我的旧梦,在孤岛镇醒了过来
再高的天空,也不过如此
一个切口,布下繁星、曦光之后
又出现了塔吊、刺槐和龙卷风

植物园里鸟声浓密
一群人脚踩黄尘,望空了远方
这一次,四周再无荒凉
我们怀着敬慕之心,让模糊在地平线的丛林
与我们的内心,出奇地保持一致平静

当远归的人和我们不期而遇

眼里的迷蒙,模糊了远方的村庄和湖泊

潮汐散去,而涛声未尽

电线杆上的空巢,让飞禽们又有了新的想法

树枝上,枣花已落

几枚青果,躲在叶子背后默不作声

苍生相依,万物共存

幸好我们在孤岛镇,都遇到了各自的小欢喜和小欣慰

——原载《飞天》2020 年第 4 期

悟真寺内

应该在深呼吸中和这些花草相遇
应该在喧扰之外来到这里
风吹浮世,到了青山北麓安详如斯
塔楼巍然不动,长廊精巧雅致
而参天的古树披着朝霞与星辰生生不息
辗转千万里的脚步,因为大雄宝殿
舍内传出的诵经之声清晰起来
你不为别的,只为双手合十
虔诚地在缭绕的香火中,叩拜高堂与上苍
慰藉一颗迷惘或困顿之心
当你登上门楼独自观望,找到如坐云端的感觉
长空中忽闪忽现的,多是灵光,更像佛光
几乎照耀了整个尘世

其间我有些恍惚和疑虑
而我渴望这个时候，自己能被神看见
那样，即使隔着数千年沙沙的风声雨声
薄雾弥漫的悟真寺
也会逐渐在眼前肃穆起来，庄严起来

——原载《四川文学》2022 年第 9 期

十里铺

倒下去的那些灌木丛

随季候变换,在这些节节败退的日子

重新获得了某种生的可能

她们姿态蓬勃,神态昂然

一直保持着积极向上的力量

身边的枯草与脚下的尘泥

正于春天伺机窃取亲人复活的讯息

又相遇了,多不容易

仿佛一年才有这么一次机会

去山顶上望月,或在林中听风

都是我们春天喜欢做的事情

桃花妖娆了三天三夜最后消亡了

阳光流淌着甜甜的蜜意我们无从察觉

而茶盏上飘散出的话题

能令人愉悦到后半夜

比十里铺更远的地方

记不清我们曾徘徊过多少次

但一定有什么声音,在细碎和散漫的光阴中

为我们获取人世上的机密

——原载《四川文学》2022 年第 9 期

河湾记

最后的光晕压低了视线
有时,一曲欢歌就是一幅画面
而这一次,我们的相聚,意味着离歌响起

再无波涛汹涌之势
石头聚集的地方,水草枯死鱼虾逃离
这盛满空蒙与虚无的天地之间
我们的盟约再次丢失
请原谅,时间无情,人亦无情……

山羊送走飞雪,又迎来冷雨
丛林里的野菊花,开了一季又败了一季
只当年代太久

你指给我的村落与群山

许多烟尘,正从西天慢慢散开

这些年,我在异乡路上漂泊的命运

多像那风中的树叶子

停止了哭泣,悬在半空,晃来晃去

——原载《西部》2021年第5期

桑树坪,暮春

山坡又葱郁

天河又重现

弯曲陡峭的长路上

流经崖畔的飞瀑势如洪钟

幽谷暗藏着神潭大峡谷

有人说,思想和头颅一旦分离

一半必将遗弃悬崖,一半必将抛进深渊

香火绕过山腰肃穆的寺庙

迎面遇到的一位老者安然自若

他的神态,恰似一尊前世的弥勒佛

纷纷扬扬的花瓣雨闪亮透明
一对乳燕飞过一对情侣的心房
我却毫无觉察

在桑树坪
我总以为,这里的暮春
比别的地方收场要晚
对万亩草木以外的事物,我毫无兴致

——原载《西部》2021年第5期

别小城

那一程

星尘消失,人间寂寞

小城以北的路上,我们越走越远

别了,密集的人群

那些年久居的老城与时光

我们无须再次回首,也不企望顾盼什么

山峦在后

平原上分外安宁

只有冷风一遍遍鞭笞着无形的夜空

裹紧衣服,蜷缩车厢的我们

再无之间的相互打趣和欢笑

这迢遥的行程充满未知之境
虽有一束车灯忽隐忽现
我们却依然像处于惘然无序的状景
因为暗夜无边——

正值月黑风高
这马不停蹄的旅程尽头
掠过心头的一丝快意
在离人更为持久的祝福声中

——原载《西部》2021 年第 5 期

小城郊外

不要问我去往哪里
平原、山丘、高岗依次后退
黄绿相间的层峦叠嶂、千亩湿地眼前浮现

来不及挥别的云彩停驻窗外
瑶寨散落于原野、谷地
白色的烟雾或缭绕其间,或飘来飘去
一道午后的暮光,令尘间幻象滋生

此路长长,愉悦的歌唱与林间的众多鸟鸣
穿过人世的喧哗
抵达兰溪、千家峒而后
耽于念旧的人,久久沉浸其中

雨水刚过。只有飞速旋转的车轮
把我送至遥远的江城
让我在簌簌的风声之中
在一束凝重的灯辉下，屏气翻阅
一桩桩湘南旧事

——原载《红豆》2022年第2期

勾蓝村小记

青山依旧,河流潺潺而过
黄家门楼上早年的斑驳已无从辨析
隐约可见的石刻艺术
亦不知承载着多少风雨岁月

暗下来的午后,只有风飕飕吹着
石桥上人影稀少
小巷子传出优雅的琴声
而一扇虚掩的古朴院落内
一群淳朴的瑶族儿女
正痴迷于一首首欢快的七夕山歌

淘洗过的心,即刻安静下来

披着尘埃的衣衫,此时两袖清风
栅栏外斜倚阳光的背空
被花丛与垂柳,互相掩映着

如此之短!一双双脚步
和一个个身影,在冬日午后的莅临
原来是为了记住
之前不为我所认知的勾蓝

——原载《红豆》2022年第2期

上甘棠村的午后

跨上步瀛桥,才知道天地有多澄明
登上文昌阁,才能看见昂山有多美

在上甘棠,谢沐河无声流淌,以粼粼波光
诉说着古往今来的久远传说
青石板路人迹罕至,以古旧而幽暗的墨青
无声延伸着时光中的繁华与落寞

明清时的光芒,在上甘棠村得以闪现
一处亭台、一块牌坊、一面石围墙
抑或巨石上的摩崖石刻,令人长久驻足或品味

一如抚摸过我们脸庞的光泽,也安顿着

上甘棠村静默如斯的万物
这让我一再认定——
关于她的回忆,是粗糙而温暖的
关于她的憧憬,是崭新而明亮的

——原载《红豆》2022 年第 2 期

凤凰广场

几束灯光映照下
我们的脸庞红润起来
而夜风吹过的发际,早已有湿滑的迹象

我们刚刚认领了千家峒朦胧的美感
又认领了瑶族古村容颜秀丽的山水与草木
再次举头仰望暮空之时
终于确信,小小的江城才是今生向往的远方

凤凰广场空阔寂寥
此刻,零星的碎语被树林吹散
吹开一次古老的回忆
吹走蕴藏在幽暗处的灰色情绪

我为此诧异于小城的无比幽静

又对如此阑珊的夜色,充满神秘的期待和幻想

——原载《红豆》2022 年第 2 期

麻斋圩

石桥上展开流年的痕迹
井水里流淌出甘甜沁润的清流
老商铺上的叫卖声此起彼伏
而黄族祠堂和元代门楼上方，显赫的字体
龙飞凤舞一般，令人敬仰和瞩目

那时，天阶夜色凉如水
一支红烛摇曳窗前，而窗外
积水顺着屋檐滴答降落
深冬的江滨小城，下午的时光恬淡悠远
暖阳映照出万物斑斓的色彩

那些不曾枯萎的草木

还在独自茂密着
未等我说出古村空廊邈远,说出天地澄明
匍匐在麻斋圩四周的静寂
一次又一次,让我有了飞翔的欲望

——原载《红豆》2022 年第 2 期

西去途中

薄暮,邻近茶卡盐湖的风声愈紧
光辉迷人,久未散去
我身体里的落日,消解了西去的疲惫之旅

雪莲盛放在高处
一棵岩石缝生长的松树,忍着孤单,回不到大地深处
那窸窸窣窣穿行于傍晚的夕光
破译了我九死一生的想法

羌笛之音,换不来万里愁怨
故人回到诗书,驼铃摇响沙鸣
忘记归路的天色,阻隔了
一位朝圣者远眺的视线

——原载《朔方》2021 年第 5 期

桃花岛上

清水环抱,绿树簇拥
秋光与星月被一条条渔船运载

过往的岁月,现在化作一枚小小的字符
旧年月的悲欢,经瑶族女人唱出不再伤怀
而香柚散发出的味道依旧甘甜
银杏叶上的光芒依旧闪亮

即使隔着雾霭
哪个方向有凉风吹来,哪里就清秀隽永
侧旁的芦苇荡,借着隐约闪现的鸟鸣、光影
加快了下午的清唱
这让我浮躁的心头,无不为之沉静和柔软

——原载《红豆》2022 年第 2 期

登稷山

有几句问候的话还没说完
一只布谷鸟,忽然从苍翠的密林中飞出
跨过一段废弃的铁轨
我想问问:云深之处,人家几何?

依山而建的台阶上,偶有苔藓
层层青叶久久守着枝条眺望
偶尔也会有几片
飘落在我不易看见的身后

汗珠滚下脸庞时
空气中混杂着牛粪的味道
山下的庄稼丰收在望

山上，仍雾气蒙蒙
那条干涸而古老的漆水河
绕着旧城，绕着那段废弃的铁轨
兀自向前奔流

日头热辣辣地高悬山顶
一条通往峡谷的小路越走越窄
而蓬勃旺盛的万物
在静默中，暗自积蓄着向阳而生的磅礴之力

——原载《中国铁路文艺》2022年第5期

夜宿大背岭

大背岭的夜晚清凉如斯
细小的流水声,尚不能完全覆盖灰青的山色

松鼠此时惯于安眠
无意听取令山野动情的唧唧虫鸣

不去数头顶的星星有几颗
想重新做一回少年梦:与真心相爱的人
共赴天涯,等待海上生明月

而多年以后,才明白那不过是份痴心妄想
我所经历的生活,形同爬山路上遇到的十八盘岭

山峰挨着山峰

但不足以占据我对星宿想象的空间

灯火自远处投射而来

它独自闪烁着,直至子夜,唤起我心中的微芒

这样的夜晚,我不惊慌

因为凉风直入肺腑,让我得以安宁和沉定

没有谁惊扰,只有我一个人

如此认真地聆听天籁,直到天亮

——原载《文学港》2021年第12期

乍到八里庄

尚未预知的途中

日暮放慢脚步,缓缓沉落

被雾气一再压低的桥梁、山峦和鸦阵

都在山川的恩泽之中

西风没有吹散乌云

旧人离别时的言辞

和身边的茅草一样疯长在心头

我几乎就要陷入巨大的空寂

鼓荡着饱满情绪的头颅,就要进入无边的平静

去八里庄,对我喜欢的事物

依次给予了赞许和崇敬

因为一个声音在暗地向我传递：

"美在美中，而我身在其外……"

——原载《文学港》2021 年第 12 期

天池

蒙蒙雨雾无时不在编织尘世美景
峭壁、杜鹃、栈道兀现眼前
苍茫天地间
唯有一场可遇不可求的爱情
像要在深秋的天池发生

假如永结同心,一定是我们信守了什么
万物临水而居
满眼墨绿的草木加深了时光古意
一汪如此碧透的池水
与雪峰、孤舟互为倒影
恰似要照见我们白头到老、相约一生的幸福

依偎而坐，等待爱神降临

虽有天色昏暗，而云水禅心始终潜伏四周

耳畔隐约响起的美妙乐章

又是谁送来的一曲高山流水遇知音

趁暮晚时分，进入我们甜蜜而温柔的梦乡

——原载《飞天》2020 年第 4 期

醉饮

莫道前路无知己
莫说西出阳关无故人
此刻,拥抱我的,是阳光遍地的那片草海

幻光褪尽,天际的云团仍在徘徊
我仿若失重轻飘的身子,摊了开来,任罡风灌进衣袖

鹰把自己交回碧空
神谕安静。在格尔木,我愿意写到青稞酒,好酒
写到:兄弟,干下这一杯

血液里喷张起来的辞藻
令我不能自已,而忘掉积储甚久的忧伤

你的中原故乡

黄河故道,一头连着筋骨

一头连着静脉,你手臂抬高与落下

都将碰疼深陷眼眶的余波

宿命般的高原没有完全荒芜

金露梅盛开的七月,我在异乡的祝词

你要隔夜听取

——原载《朔方》2021年第5期

那年,在固原

多年后,我犹记得那座小城:散漫、舒缓、沉静
当我尝试遗忘,已无可能

那就让我再次怀想起
月黑风高之夜,我们一行五人走在深夜的大街
拎着酒瓶,吼着花儿
控制不住一腔的饱满情绪

实际上,我们后来走向哪里我已无法说清
旅馆、站台、卡拉OK歌厅,或别的什么地方
也许沿着时钟的指针,最后走到了黎明前的行道树下

可我并不认为那是一场梦境啊

因为小城静默如斯,凉风吹醒过年轻的头脑
我发黄的回忆录上
至今清晰地镌刻着固原二字

——原载《朔方》2021 年第 5 期

这行将结束的一天

落日熔金
落日古老的余晖里
一张经风沙吹打
粗犷的脸庞,与我相距那么近

走过青海的那个傍晚,我静水观澜
默然的景致
无视来自穹空之上的天高云淡
任爬过山坡的几只羊羔
掉进虚幻的光线里

格桑花快快开吧
大地静寂,浓缩着春天迟到的影子

我身处高地,繁星漫天

如果有人不小心伸手打碎宁静的月亮

我将变得哑然无语

——原载《朔方》2021 年第 5 期

十月颂

我爱十月的北方:开阔,宁静
烟火味渗透进巨大的落日,异常浓厚

潮水般的记忆
泛着各种色彩:黄的、紫的、灰的……
从胡麻地到杨树林,从马兰花到玫瑰
无一不验证着时光的凝滞与寂寥

可眼前翻飞的鸟儿
一再启示着六盘山以北秋日的景致
它还没有被大风吹走,也不懂人世凉薄
——即使它滑过日暮下的湖面
即使翅膀弯过山坳

我不能确定，十月过后
天气是不是真的变冷
但我能说清的是
我眷恋的一切，都在十月的北方

——在有形与无形的时光里
我们唯有各安其命，各行其事

——原载《朔方》2021 年第 5 期

在那高高的岭上

直起身子,四处张望

让日光再鲜亮一点儿

熏风再小一点儿

手边的马蹄莲美呀,叫人不忍摘取

我的父辈就要扬鞭归来

他打马而过的东岗岭

花草们过着群居的生活

猛兽们蜷缩一起,等待集体过冬

而毡房里的母亲,在一缕炊烟里

正愉悦地制作奶茶

祥云在上。同胞异族的兄弟姐妹们

相逢在草原升起的离歌里

此一时,彼一生
东岗岭上,我留意到,空旷中的虚无幻影
并不因我,而月落
也不因我,而霜白

——原载《朔方》2021 年第 5 期

目极之处

高原在西,雄鹰在上
苍天的召唤,散发着圣洁之光
天神的旨意,高居庙堂

空气稀薄、纯净
尘世上的迷蒙接近空茫
青海的风,西藏的雪
相信天堂有歌声,地上有人诵经

火车在山谷穿梭
它保持着飞快的速度,想要开到山巅
似乎,还将打破星辰的秩序

我沉默的眼眸深处

一盏明明灭灭的佛灯,守护着牧归的人

从对面的山坡,正缓慢走下

——原载《朔方》2021 年第 5 期

云朵飞过

凤凰山的天空比别的地方
要蓝出许多
岩畔上,几枚青梨挂在树上
沙棘花开满坡顶
仰望远处,不可复制的云朵
从眼前肆意飞过
偶尔,它们也会停下脚步
不言不语,在我不忍直视的无人山冈
俯视一会儿苍凉人间,又默默离去

——那情形,像我的父亲
十多年前从人间突然消失,十多年后
在幽深而清凉的梦境复又重现

——原载《鹿鸣》2021年第3期

银南

乌云压阵,前路为沙尘遮蔽
而心头升起的一枚月亮,在黄河上游彻夜徘徊

朋友说,星子们游移天边,还会回来
朋友说,所有美的事物,要允许它们短暂或恒久消失
只要心无晦暗……

说这话时,我眼中流出一滴泪
因为时光的遗骸,突显眼前
一道神秘的光环,如幻象不时沉浮,刺痛人心

形同看不见尽头的苍茫
被什么吹得东倒西歪,或一片迷乱
我们却执拗地要在四顾茫然中,寻求幽光慰藉

——原载《朔方》2021 年第 5 期

格尔木河

一则昆仑河,一则舒尔干河
此生即使不交汇,也是高原的一条命脉

一座延绵远处的雪山
将行进中旅人的脚步,隔得更远?

只闻天空低语,大地吟诵
流淌不息的河水,必定不是为我平静

望见这个夏季的从容不迫
也触摸到格尔木的凉彻心扉

时光迂回低缓。如果我不是这副凡胎肉体
那汹涌的浪花,我许是其中的小小一朵

——原载《朔方》2021 年第 5 期

密语

我不信佛,但佛曰"万物皆佛"
在青海,倘若菩萨有灵
与我同行西去的天下众生
满身披覆的,都应该是闪闪的佛光

信仰怀揣在身
当一盏青灯,从长夜陪我到天亮
一副愁容,最终被神灵点化
隐隐打开了慈悲之心
堆积长天的云雾,悻悻地去往遥远的昆仑之巅

"净心守志。垢去明存。"
我羞愧于我在尘世的斤斤计较

毫无胆量面对利剑与闪电

在青海，一道密语看不破但见无妨

猎猎河风劲吹心坎

我必须悉数收藏

——原载《朔方》2021 年第 5 期

那个早晨

车子加速奔跑时
绕城公路两侧变得倏忽不定
一闪一闪,若即若离
杉木、落叶松形成的巨大林带
像上映一部旧时代灰白电影
从两侧徐徐后退

斑鸠沟的阳光有些灿烂
刚翻过西梁岗
就看到梨花白、桃花红
那惊人心魄的一幕
让我对行进中的春天不再有所犹疑

隧道外的事物渐次醒来

我竟对它们昔日的苍凉有点不舍

因为我没有看到

它是如何萌发,潜滋暗长在春天前夜

我只有耐心等待

等待尘世上的光,在隐忍之后

发出集体爆裂的力量

——原载《四川文学》2022 年第 9 期

月亮湖，日暮下

湖面上，灯光闪亮
但有谁看得清，隐匿暗处的事物
持久地恍惚不定？

如果琴弦在响
又恰逢几只白鹭飞向夜空
草尖上发出窸窣之声
定是有人面对夕阳，沉醉月亮湖一侧

风抚触心底
——那苍茫中的一份慰藉
仿佛神在引领，并情不自禁地让你
去拥抱这份无边的幽静与宏阔

能多坐一会儿,就多坐一会儿

看看渐起的星辰有多明亮

而低沉的暮色,与骤起的微澜

早已相融一体

像我与身边的你,不分彼此,相互交融

——原载《诗歌月刊》2022 年第 12 期

别洛河

想了那么久
还是没有勇气向它挥手

向日葵站在风中,不动声色
花枝有些慌乱,其中的一朵碰落了另一朵

从桥头这边,到河对岸
千亩湿地,令众多古老的事物
露出了原初的本相

那些隐身坟茔的虫鸣
永远似有难以言说的哀痛与秘密

几只野鸭扑棱着翅膀

蜜蜂嘤嘤嗡嗡

不顾静态中的群山与流岚融为一体

阳光下，打碗碗花涌向堤岸

玉米地遇到了几棵垂柳

有些灰蒙的天空，一度迷漫了我的幻想

一个人行走在洛河以西

看时光独自流转，落日慢慢下沉……

——原载《六盘山》2020 年第 4 期

郊野

童年的景象又一次

在时光深处的田野蔓延

那些红的、绿的、粉的、紫的

像五颜六色的梦想

分行散布在小路两旁

远山有些模糊

我独自向前走着

不言不语,只被暖风缓缓地吹着

荡漾着我小小的心怀

那轻薄的雾气散尽

菜园里露出蓬勃的力量

豌豆角鲜嫩，芥子花开得正旺
身体外的烟火，似流岚
漫过半昏半暗的天色

新鲜的事物归于身边
而旷野上独属软绵与坚硬的部分
各自分离，且互不相干

记忆中的童年，又一次返回了
像此时放荡不羁的心情
只为了暗合这散漫的傍晚
为这天地间美好的一切
让我一个人全部享用

——原载《扬子江诗刊》2020 年第 6 期

开春,致广龙大兄

渭河滩上,几只白鸟在惊觉中迅疾飞离

残雪即将消融

铅灰色的天地如此平静

松树林里,陈年的绿意重新泛起

那一次,我们一起逃离城市尘嚣,来到郊野

不回忆,不奢望什么,随性于自然

开怀畅饮又有何妨

几杯酒水下肚,微醺的状态

我们一齐对着山野无端地大声吼叫

相对于夜莺空唱,要直接和豪爽得多

因为丘陵上光晕渐亮

更多事物的迹象里，我们唯愿它显露本性
林风里吹来的浩大言辞，未必能
吹远这日复一日的真假幻象

容我称你一声大兄
平凉城到尤家庄，西兰路上乡音凄凄
而你随身携带的诗歌册页
被滚滚涌起的石油花一再抒写

当我们一手牵着曙色，一手提着酒瓶
从空无一人的郊野返回城市
那些隐匿丛林的小兽
无知无畏地，替我们发出了春天般的呼唤

——原载《扬子江诗刊》2020年第6期

怡园

那个时候,拥抱是新鲜如初的
湖畔上垂柳相依
紫蝴蝶竞相纷飞至幽幽花谷
等昏暗的湖面看不到拱桥的倒影
行人稀少的怡园小径
我们不再遇到各自喜欢的光和云
要承认,模糊的事物仅凭主观臆想总难以界定

水一直静止不动
是否尚在暗处涌动,我无从察觉
冰冷的心抱在怀里获得暂时的安歇与温暖
命运之秋,我就是那个寡淡之人
呼吸里吐出的白色轻雾

一再拒绝无法拒绝的恶疾、衰亡
不要那么早到来

湖水不如河水，交汇后又默默分开
它形同死水微澜，浑然不觉
汉白玉雕像前松柏森森，花落无声
我想用一个明确的词，表明这些年我的心迹
而第一次抵达这里，我只有拘谨和惶恐
没有从容不迫

——原载《芒种》2020 年第 9 期

沿着干涸的河床行走

不了解水去往哪里
从村庄处拐弯,还是被上游的大坝拦截?

这一生值得托付的
我以为,只有这河流、这乱石
这丛生的杂草,和这细密的沙粒闪出的微光……

别人看不到的经幡、渡船、凫雁
引领我一路向前走着,走着
时光那么短暂,昆虫还没唱完最后一支曲子
柿园里的树枝还没有最后秃光

游魂徘徊于野外,找不到家

而死去的先人被黄土掩埋,长眠于斯
玉米和土豆早早收进院落里屋
天就要黑了,喊我小名的声音,自村庄上空回响

四处阴郁,河床出现异象
只有我知道,鱼虾随奔流去向何处
河道为什么崎岖又平静

秋风打磨着渴慕者的心
也只有我知道,贫瘠的语言,在渐渐苍冷的日子
经不起风吹浪打

——原载《芒种》2020 年第 9 期

雅布赖路上的落日

晚霞映红天边
映红阿拉善右旗的雅布赖路……

似乎只有浑圆、硕大
才能揭秘神性之光
阔远之地,搁置了经年的荒草、群山和魂魄
还将在落日余晖中,搁置
我这满身赘肉,与疲累的脚步

一头通往西域
一头连接长安
恐怕这雅布赖路上的落日
才能替我道出

那漫长旅途上，数不清的相见欢，与离别情

很久了，风沙滚动
与汽车混杂的声音响个不停
消亡的继续消亡，重生的期待重生
落满金辉的雅布赖路
谁今夜就要陷入一场深深的梦境
而不可预测？

——原载《诗刊》2020年9月上半月刊

隔岸,看天鹅湖

长风停止浩荡
飞向天际线的鸬鹚音讯皆无
黄昏下的天鹅湖,静美而沉着
芦花飘过我们眼前,也不曾发觉

水草浮出水面
仰视云层
一段粗糙不堪的尘事被潜藏湖底
那些远逝的年华,如果能留住一生的眼泪
桨声划破暮色后
大地上的灯花,必然会寂灭在人迹罕至之处

旷野那么平静

一场喧闹的场景过后
让我怀有平常之心
哦,所有的争执和阴影都可忽略不计
而从此岸到彼岸,正被烈风撕裂的记忆
露出了一道模糊难辨的疤痕

——原载《鹿鸣》2021 年第 3 期

说起青藏

云朵与云朵重叠、堆积

走不了多远,又是羚羊和牦牛奔跑

雄鹰飞过的雪山,是夕光劈开的一个豁口

天空有多冷,自己的心就有多凉

怀疑青稞、烈酒是不对的

怀疑日头偏西,罡风猎猎是不对的

月光上的河流还没有消逝

久别的人,却在一首边塞诗里不见归来

转入沉默的黄昏

也转入空阔与忧伤

这边地固有的属性,把一个人的灵魂从肉体剥离

请不要忘记,对那些赞美之词
可以置之不理
对那些被门窗隔开的轻翅和虚光
不能不怀揣在心

——原载《鹿鸣》2021 年第 3 期

郊外辞

绿荫掩映,清晨间的环城路
我不再因之空茫和迷失
树林如此茂密,柳枝摇曳其间
昨晚的欢歌与酒香犹在萦绕
今日,就要踏上归途

一路上走走停停
一路上的车马劳顿令人昏昏欲睡
车厢内,大多数人寡言少语
只有你沉迷于一首忧伤的抒情歌曲
没有谁替我指路,与我话别
只有鳞次栉比的建筑物上
玻璃幕墙发出一道炫目的光芒

想回头望望,碧空无云
想对你说再见,但荒废的时日渐已隐退
对那些熟悉的陌生人
湮没在人海和车流中的背影
又能与我说些什么宽慰人心的话?

——原载《伊犁河》2022 年第 3 期

初夏小记

小白杨栽植两旁
弯曲的乡村公路,一直伸向傍晚
而王家洼的山梁和沟沿,在远处忽隐忽现
更为空廓的天边,此时闪现出不易发觉的弧光

像接受古老的时辰
风呜呜地,送我们走过一程又一程
不曾整理过的旷野与未尽的心事
交给了这巨大的沉静与虚无

辽远的背空下
别离后,我们所遇见的那些苍凉
也许谁都无法承受

只有我们,对此津津乐道,毫无犹疑

当我凝视于一棵沙枣树
止于幻想
我祈求上苍:要有足够的耐心
等待细雨飘飞,洗掉这堆积满面的灰尘
和不可预知的旅途疲累

——原载《伊犁河》2022 年第 3 期

长亭

不能再瘦下去了
古道上的那抹斜阳
就要离去的伊人,也莫要再执手相看泪眼
去吧,三千里烟波
痛饮浊酒一杯,前途已无相逢的可能
归雁孤鸣之处
时间的痕迹,起伏在千亩芳草之间

这些年,歌在哪里响起又消失都不重要
我失去荣耀的颜面
贴近一束从镜子折返回来的逆光,能刺痛肌肤
霜林多苍莽,人间多歧途
请相信,那些凋零的事物
需要趋于清脆的鸟鸣重新焕发

——原载《朔方》2021 年第 5 期

第二辑 春秋事

云雾氤氲不散,鸟声叽叽不休
无论清风送来明月,还是明月送走晚霞
只要身处南山
她一样温情以待,一样不负韶华

渭南以东

什么都不必言说

低矮的山头,光晕一圈一圈散开

散给湖面,和青草地

这关中平原上的淡黄色泽

像铺陈给村庄一段久远的尘事

多年后,再追忆故乡

心已惘然

身后,我倚靠的树干,没有了累累果实

半明半暗的天空下

我遇到的日暮,或孤绝,或消瘦……

那一次,云朵留下雨水,洗净了枣花

静寂的鲜花怒放在白花花的日光下

当我在万亩棉田看到湛蓝与纯白

我试图以一只飞鸟的姿势和速度

经过罗敷小镇一角

渭南以东，某个院落

一处简陋而破旧的门槛上

我坐了整整一个下午

等那些陌生或熟悉的名字

再也无从忆起

院墙投下的几缕夕光，映照出来一个个

春天悄然而逝的背影

——原载《北方文学》2020 年第 12 期

致敬

袒露了很久,也期待了很久
我相信,时光再久远,放慢的脚步
终会停留在这渐暖的山河

四野寂然。凤凰岭下,我们再无重逢可能
土塄上茅草遍地,花瓣腐烂于泥土
一片获得新生的蔷薇,在明丽的天空下铺排着美
斩断公路与屋舍的黄河
像岁月遇上小事件,给路人留下一串悬念

渡口空余伤悲
拍打松林的冷风顺着山脚,一直在吹
父亲当年居住过的屋檐下

莴笋发了芽，土豆开出了花

那些今生熟悉的陌生人
我是该挽留，还是该相送
莫不是声声哀痛，为这沉默的正午
而愧意顿生？

——原载《北方文学》2020年第12期

三河口冥想

光片破碎、静寂，散落在来时的途中
飞过一路韶光的翅羽，载着数千年风雨
运送粮草、塔楼和史书
天空明净如洗，身体里的伤痕
与渭河的波纹相互映衬，互为倒影

登上堤坝，唯见蒹葭苍苍
透明的雨滴在河之洲飞快奔跑
温柔的密语，闪亮在荒凉的故乡
我已不是当年混迹异乡的浪子
秦岭北，最后的行程，是父亲转身之际
留给村庄的一段沉重悼词

风在原地回旋,又无声地向远处传送什么
多少尘世间的事物都在秘密中进行
此刻,我看到,有人把卑微的命运
交给离身旁最近的柳叶,和蚁群

——原载《北方文学》2020 年第 12 期

河畔

凫鸟在游动,那片水域或静谧
或奔涌着。我从远方踏着车辙经过时
天空投射下斑驳与苍黄的色彩
正值人间芳菲,而你
却在空荡荡的野径上收集无尽的挽歌

穿透岁月的低唱,再无荆棘缠绕
竹筏犹在,我曾跋山涉水
在琴台静坐,聆听妙曼乐章
纵身一跃的鲤鱼,让我看到光影散尽
跌落在梦里无以丈量的深渊

河水如此恬淡、悠远

船只上，一段浅浅的唱白，令人不再心慌
芦苇中晃动的逆光，显现出孤霞的落寞
像乡愁里的层层脉络

——原载《北方文学》2020年第12期

打暮春而过

路上有些困倦
但我不想停下来
布满乌云的半空也布满了尾气、灰尘
那时,柳枝弯下了腰
渭河混浊不清地缓缓行进
老旧的村庄上空并无新燕到来
我想象过多次的乡村晚景图,如此逼真地重现
唉,整个春天又一次即将谢幕
我空荡荡的行程
从一开始,似乎就带着点点哀伤
如同命运的车轴
把小小的我从故乡推向异乡
一路颠簸,而又毫无归期……

——原载《飞天》2020 年第 4 期

烛火

面对华年,我夜以继日地自乡间赶路
上千只白鹤从水流一端,振翅飞过月亮湖农场
相逢于浃浃花田
籽粒与树冠间,密密匝匝的心事不曾绽开
仿佛我们已彼此拥有,不说分离
墙角的馨香,随丰盈的体态进入暮晚内部
不停闪烁的烛火里
为什么临别时,你却要径自带着伤痕,匆匆上路

假如大敷峪口,火车的隆隆响声能够穿越暮晚和余生
我将变成蝙蝠的样子消隐山林
前世的故乡一定不为人所知
愁眉紧锁,暗自伤悲的那个人

会用孤独而冷漠的心,拒绝病痛,抵抗死的诱惑
该后退还是前行?是不是我混迹于江湖,行走于山野
就能触摸到果实的光芒,遇见另一个春日?

人生空茫,不过如此
隔岸而鸣的孤雁,穿越烟尘笼罩的世间
在故乡般深情的回望中,孤绝而逝,不再垂泪

——原载《四川文学》2020年第10期

冷风吹

回故里,草木之心被风吹灭

让我再复述一次旧事

再安静一会儿吧

此时,风再冷再大

但不曾吹走一座空城、一座石桥

时光在河道上空变形、倾斜

洋槐花散落一地

北二巷西口走来的发小成了陌生人

他的腰身有点弯驼,面额有些斑纹

这些年,我们似乎活得过于卑微

没有欣悦,只有痛楚

没有枫叶林的欢呼，只有停不下来的叹息

人至中年，一个个快乐如风的伙伴不在人世了
这混沌而蒙昧的尘间
其实见到他们中的任何一个
都像我在夜深人静之时独自咽下的忧伤

村子中央许多老宅院一直空着
只有房屋坍塌，老树在静默中生长
当破败充斥其间
心口隐隐疼痛的那个人，也许不仅仅是我

春日野穹，鸟声散乱
我模糊的记忆，被冷风一直吹着
那一刻，我的心随四起的灰暗和苍寂
再次有了微微的颤抖与落寞

——原载《西部》2021 年第 5 期

车子在飞奔

一点儿也没有停下来的意思
经过隧道、午后和一道深深的浮光

渭河平原出现新的气象
那些油菜花格外地黄,起起伏伏
在我视线尽头
在成群的鸦鹊扑棱棱从密林蹿出的方向

坐在车子上
春天发出的指令越来越慢
越来越低
令回乡途中的我,犹疑不定,而略有伤感

——原载《西部》2021年第5期

回忆之诗

过那片柿树林时
请让我一个人多待会儿
我不贪恋那里的任何虚无之物
黄昏下,天色深远
桃下车站废弃的铁轨与库房
比纸上回故乡的记忆更为清晰
隔年的昏鸦还会回来
而月台上那些消失的旅客再无复现
此时风声紧密
落地的残枝再一次砸疼心窝
为了这场人世间最普通又平常的别离
我从年少离开故乡那一天起
一路踉跄着,竟恍惚着走到了中年

——原载《飞天》2020 年第 4 期

过月亮山,忆故人

不管你是否生长于斯

还是尔后远赴异乡

我只认定你和月亮山有关,和清溪河有关

那一日,风声渐起,树林飒飒

灰白的天空下

秦岭北麓传来声声吟唱

那趋于颠沛流离的日子离我甚远

而你由此获得的自由与愉悦,离我如此之近

平畴、坡地、道路纵横交错,平铺八方

夕照下,四处苍茫,山河邈远

可你一去不归,踪影难寻

瘦削的眉骨间，无法折射出目光中的深邃

屋檐下鸟声唧唧
唱诵着月亮山静默中的苍寂
主人消失了，留下的遗迹还在
野径消失了，而阳光温煦，草木葳蕤
有限的一生
你前半生走得从容，后半生走得艰难
更为遥远的年份，是用青苔也不能描述的诗行

若不是为了告别万物，风声变得愈加猛烈
我就不会从月亮山依依告退
那耳熟能详的山中谣曲
又因何，在我沉郁之时陡然响起？

——原载《星火》2020 年第 5 期

过小镇

尘烟里突然射入了明朗的光线
一路加速奔跑
不分昼夜和彼此
仿佛一个抛却了旧恨的人,又找到了新欢

绝无遥远年月的风云变幻
这天地明澈,这湖光山色,放眼之处时光静好
而铁质的车轮,从容地碾过内心的沟壑

在注满鸟鸣和花香的大地上
再次放开步子
催促着这片古老土地岁岁丰收,季季飘香

手提马灯的人不再相见

朝月亮山招招手,向桃花岛挥挥衣袖

那些闪闪发亮的日子

在小镇,定格于每一块青草、每一座农舍

和每一朵云彩之上

高铁如蛇状爬行,又似闪电般飞逝

它的每一次暂停与别离

一直眷顾和牵绊着这座小镇

和小镇上的每个人

——原载《星火》2020 年第 5 期

秦东致辞

浑浊之水遇到莽莽群山

流速缓慢。靠近十月

我想借半片暖阳、一丛荆条和两声秦腔

把自己置身于虚无与荒凉之外

即使有撕心裂肺的呼喊传来

空落落的岸边,似乎亦无人回应

树林里散发着夕光

几度刮过村庄上空的凉风

持久踟蹰于一处空无一人的院落

寒鸦不在屋檐,飞往天上

无论时光于我多么残酷无情

总有一些事物要离散,总有一些人

走在永不相见的路上

抱歉,这众生哗然的时代
我仍喜爱静寂无限
就像我只身奔波在命运不济的远方
隔着二三十个平常春秋
仍愿把丢弃在老屋的书信轻声读出
我曾发誓不再面对苍天发问什么
可那此起彼伏的窗外鸟鸣,令我不止一次
面朝故乡,心头酸楚

——原载《广西文学》2021 年第 12 期

又逢岁末

多少年月迅疾奔跑,提一盏马灯
也不能找见归途和去路
人世苍茫,似羁旅一般,过于漫长
我怕泥沙俱下的日子
如过江之鲫,令人顿生焦虑与疲倦

见不见面,能不能回故乡并不重要
沉默已是最好的解答
既然不能在长廊下徘徊
就给远方的亲人写一封信
雾霾裹着寒意漫过异乡的窗前
只有那些模糊记忆的事物难以辩解

倒下去的草木还会获得新生
而匆忙中散失的影子难以重逢
这个时节，我所有的不安
像凌乱不堪的一堆旧情
恒久伫立于万物之上

——原载《广西文学》2021 年第 12 期

如果我一直往前走

遇到了杏花、君子兰、郁金香
还将遇到河滩、星空、大面积的空
春天的嗓音在这里喑哑
隐居山林二十余年,你足不出户
只饮山泉明月,历风霜雨雪

繁华落尽。荒无人烟的空村落
日暮走向了归途
星星草蔓延于苍野
我们困窘于生活的幽暗通道
如今,都有些迟疑与彷徨

我看到四月的事物

好比春江花月夜
这一次,回渭河平原东部
烟火的光芒照亮了最隐晦的青春

那风中漂泊的亲人
掩面而泣,回到了家门
苔藓上的墨绿,是不可重复的旧年痕迹

每一年,都有亲人去世
每一年,我都会去荒原上
一个人听听走走
累了,就躺在一片树叶上休息
在一处充满人烟的地方讨吃喝

要走多久,才能赶上走在前面的人
他们先我一步苍老继而消失
可我,还得依靠
下了两个时辰的雨水混合物
似一株不起眼的草
在别处慢慢生长

——原载《西部》2021年第5期

广场上

鸽子们又一次飞走了
抬头望去,这黄昏形同虚设
未尽的余晖,再次加重了我们的衰老
就要结束的一天
我们脸上的光泽渐趋暗淡

要等的那个人没有出现
街灯闪亮在喧嚣尽头
细数一数,已有十多年未见
谁内心涌起的苦涩偷走了欢愉和年少
从什么时候开始,起风的树梢
能吹去一身的倦意

在明日来临之前
我不能难过,不能悲伤
因为我不能辜负
即将远逝的又一个春天

——原载《西部》2021 年第 5 期

小站：罗敷

最后一趟列车驶离站台

最后一批旅人散别广场

傍晚荡然一空

而候车室的座椅上还留有余温

售票大厅还有人，在做最后的清扫

路灯遮不住的幽暗，再一次翻越了栅栏

照耀着车站外

那条去往村上的石子路

摆了多年烟摊的大爷

把东西收拾停当起身回家了

他眼里流露出的失落无人读懂

往日的喧嚷再没有了

南来北往的脚步亦无停留的可能
路过这里的火车
此后只留下一声长长的汽笛
呜呜呜地向前继续奔跑

它不知道一位少年心里的苦涩
更不知道那声：再见了，故乡小站！
迟迟留在嘴边，多年以后
就是不忍说出……

——原载《中国铁路文艺》2022 年第 5 期

去小镇看花

陇海线以北的某座小镇

有一阵子,花朵们是汹涌成海的

经风一吹,娇艳的花瓣

会纷纷飘落在肩膀、脚面和别处

这时,扑鼻的香气令我迷醉

刺眼的光芒令我眩晕

二水村和羊圈村,与它咫尺为邻

比这两座再古老的村庄

皆会铺上金黄的油彩,散发出诱人的芳香

在万亩良田,成群结队的蜜蜂

传出嗡嗡之声

由此及彼,从早到晚

兴趣盎然的人不时经过
一列又一列的火车不时经过
都没有惊扰它们
执着于田野上的丰饶梦想
这让我一度忘记自己身在何处
不知渭河平原上的春色
原来可以这么美

——原载《中国铁路文艺》2022年第5期

告路人

好了,就此为止
烛火将熄,栅栏外凉意暗涌
小酌的人们各自散去
一盏孤灯,高悬于厅门
我们不负流光,将困顿而忐忑的心
安放于旷野之上

格子窗升起的明月,像渺渺乡愁
这异域的尘埃,要堆积多厚
会让我更乐于在黑暗的角落孤傲起来
我一度忘掉喧闹,应对沉静的气息
如同乔木林,因为爱,向上生长,向下腐烂
没有任何悔意和罪责

游走的文字,似乎也要离开我们
当我从黑灯瞎火的渭河南岸
回到了罗敷镇
那条废弃的沙土路上,似曾永远空寂
无影无声

——原载《扬子江诗刊》2020年第6期

秋末回乡记

踉跄之行
是因为旧疾遭遇了霜降
所有的草木,抵挡不住荒凉之气

这一次,回到阔别既久的故乡
我需要忏悔
面向辽远阔坦之地
把自己当耕耘田野的农夫
并顿生归隐山林之心
不世故,不圆滑,淡看尘世一切

时光这么闲散,我们一行四人
走村串乡,赶在日落之前

看河水平缓,山峦静默
还将在烟雾缭绕的平原腹地
把一个背井离乡的孩子
对故乡的深情眷恋
写进月色与蛙声浸透的纸页上

——原载《特区文学》2021 年第 6 期

赵渡镇的黄昏

一次相聚,从掠过万亩良田的脉脉斜阳开始

一场欢宴,从飘散不尽的酒香开始

猎猎之风还不曾那么寒冷

江山留下的灰色投影

为一条大河的东流,从中游为她送行

来到另一个故乡

带着胎记和骨血,我虚拟了种种可能

譬如朝露与晚霞里的村庄

譬如明月与灯盏下的音容

笔直的南街与北街有些寂寥

一双奔走的脚步,无论今夜落向哪里

耳熟能详的乡音

经年之后,依然最为亲切

在高处,几颗孤星在说些什么
我无法听清,但我敢肯定
它们明明灭灭,隐忍着波涛怒吼、树林萧瑟
和人世间的所有悲欢
让这秦地之东,万籁俱寂的赵渡镇
再一次拥有了沉沉睡意

——原载《特区文学》2021 年第 6 期

暮秋,与友人过故园

到下一个高速路出口

就属华阴地界了

在这个我比你们更为熟悉的地盘

有着我鲜为人知的忧伤

可我不能轻易流露

又是一季末了,秋野绿了又黄

似乎,这里再无什么值得炫耀和称道

倒是不远处恍惚出现的一团光斑

像破碎而宁静的悼词

令人即刻沉默

无数次返回与经过,又无数次远离和回望

都不能抹去我怀乡之痛

那音容,那挽歌,那彻夜哀号,与离情别意

折磨着一个中年人的灰暗心境……

在更为广阔的故乡边缘

飕飕的冷风一刻也没有停歇

罗敷河还是它以前的老样子

小镇上,再无相识的故交

一位即将进入迟暮之年的老者

在北二巷西口,和我只说了寥寥数语

就对着空旷的院落轻声叹息:

"若岁月薄凉,怎不可情寄以往?"

——这惊人的一说

像屋檐瓦楞上,一道惨白的月光

硌疼了暮秋穿越我中年的荒凉心境

——原载《特区文学》2021 年第 6 期

风吹万朵花开

风吹来吹去
吹到南山上空,忽然变得天朗气清

千树上的花,说开就开了
开满原野和山岗,开至天涯路
就再也没停下来过

植物们抖擞着身子
在摇晃中拼命奔向季节深处
云豹在丛林奔跑,她不管
嫦娥挥动衣袖,在天阙轻歌曼舞
她也不管

峰顶上,风可能吹得更大
崇山峻岭,也许都会吹成花的样子
哦,如果我没说错
谁都愿把南山
当作永不背叛的故乡

——原载《山东文学》2022年第6期

过渭河南岸

有一阵子,不是恣肆的寒风
就能敲开穷人家的门窗
暗沉的云朵,压住苍凉之词
空望百里平川,没有哪一处澄明透亮

那时,河洲之上,小径蜿蜒
时间抹不去荒芜的痕迹
柏树林里,蒿草遍地
单飞的孤鸟,和你此刻的情形多么相似
躲进一间废弃的土坯房后,不再作声

从兴乐坊到敷南村
无声的呼唤一遍又一遍传来

像断流的河水,只在梦里呜咽
而从前笃信过的田野的美,在眼前游移不定

当年打马走过的父辈远去了
他们带着寸草般的夙愿,消失在故乡河边
让你无从找到
冬日里另一个卑微的自己

——原载《诗刊》2020年11月下半月刊

寻常巷陌

假如一栋倒塌的瓦房还能伫立

榆钱树还能与我相握言欢

我与童年的距离

还可以再缩短一些

午后光线散淡

安慰我的,还有一口老井、一尊牌坊

你早年用过的马灯破旧不堪

照不见一缕炊烟,消失在村庄碧蓝的上空

斑驳与孤独,在我轻声念出的嘴唇间缄默

距旧梦和亲人最近的那个人

依然是我

低头行走,走过风声穿越的巷口
我年少时能遇到的事物
随时都有可能
降临这古老而静谧的人间黄昏

　　　　　　——原载《诗刊》2020年11月下半月刊

旧事记

渭河南岸，布谷鸟的欢唱胜过以往
浅水静静流过村镇，流过原野
这些年，我越来越喜欢这素净的烟火味
在故乡的掌心，昼夜萦绕

罗敷镇的日子散淡起来
槐花、桐花、苹果花都开向了空中
柿子树叶绿上山坡
庙堂门口的碾盘上，几只鸟雀不曾啄食
倏然飞走，但未能把屋顶的云朵带走

旧事浮现，灰色的记忆
长久停留在小镇巷口

含混不清的嘶哑呼唤,像暗夜里
与岑寂的风声,相互交错的另一种哽咽

关闭门窗
对着相册里的父亲凝视、沉默
一股酸楚、浑浊的泪
越过院子的矮墙,滑向了荒芜的草丛

——而那时,我钟情多年的故乡天空
怎能说它异常明朗、纯净?

——原载《诗刊》2020 年 11 月下半月刊

南山下

没有半枝梅赠与佳人
旧年月里,便无法辨清容颜几何

南山的星子们醒来很久了
栅栏里的花束与原野上的草木停止轻语
只有那些石头,长年累月地躺在河边

它们做那些苍凉的梦,其实是无用的
闪电般的年华,从泄露秘密的中年开始
从浓荫里黏稠的鸟鸣开始
无异于错失了一场年轻时的爱情

一处狭窄的门缝,透着暮晚昏黄的光线

母亲煎熬中药,令屋子散发着浓烈的味道
罡风吹遍南山和尘世
有人黯然哭泣,有人自向阳的坡地黯然离去

那散碎的声音,烂掉的果子
搁置在一次悲喜交集的命运里
令这虚构的南山之下
我曾经爱过的人带走了什么
又仿佛留下了什么

——原载《诗刊》2020 年 11 月下半月刊

春渐深

不是所有的山都呈半枯半黄
当我长望峰顶,或触摸叶片
闪亮心头的言辞,总会与浩荡之风一路同行
把我送至比春天还远的地方

碎片般的尘事
行至南山,终将完整无缺
空气中负离子甚多,有些醉人
绕梁三日的琴声,自耳畔四处扩散
那穿行密林间的窸窣之声
像万物欢唱
像一场永不散席的盛宴

南山有春

南山也都自有神仙居住

如同被雄山阔水环抱的村落、小镇

宜歌宜咏，宜诗宜酒

有没有去过那里，都让人心驰神往

无须奢求什么

只求在春深似海的日子

结庐于南山深处，邀三五好友煮茶或品茗

把一生最好的时光

慢慢品尝，慢慢虚度……

——原载《山东文学》2022 年第 6 期

当大雾褪去

又一次看见她清秀的面容

裸露部分的岩石与青松,在高处耸立

我转身俯瞰的木质栈道已远

依然能听闻出潺潺的回音

神秘的色彩就要褪尽

万物又将呈现它最初的本相

那些泛着幽光的台阶、廊亭与远山

在落日下错落有致,层次分明

瓦屋前的常青藤

绝无古老的忧伤延续

一丝丝明亮的气息自天边闪烁

星辰漫涌而入
抵达野径、密林、悬崖上空之时
碎银样的水面,即使风尘覆盖的脸颊
也会照得她面目清晰

一些不明不白的心事
此时,忽然想说给谁听
午夜已至,唯有古寺内塔铃声声
尚不能惊醒那些
枕着松涛,甜蜜而睡的人们

——原载《山东文学》2022 年第 6 期

南山记

叩问上苍,叩问大地
还要叩问众神——
去南山的路有多长,水有多深

茎叶再柔嫩,也能托举起雨露上的光芒
雨滴再稀疏,也不会迷失在万壑千岩间
只要万米阳光倾泻而出
放眼望去的众多生灵,每一个都必然饱含
对生命的敬畏之情

栈道上的红豆杉,不断召唤着云彩飘过眼前
飘过我不能抵达的群山之巅
木莲、银鹊、红山茶也都各就其位

从不忘记装扮这茫茫尘世

云雾氤氲不散,鸟声叽叽不休
无论清风送来明月,还是明月送走晚霞
只要身处南山
她一样温情以待,一样不负韶华

——原载《山东文学》2022 年第 6 期

长亭外

气味那么相似,玉兰庭外
时光一再隔绝了水声与鸟鸣
从黄昏侧面切开的罗敷小镇
流淌着早年暮晚的水声

似有悬浮的沉霭
令我们的背空渐成虚无,石头在河滩静默
罗敷河隐忍着苦难,经年如此

被迫携带的风、鸟鸣,与露珠
是芹菜地以东的大片伤痕
是未曾打开,一直禁闭我心底的幽梦

新鲜的事物也会一天天老去
想起很多年前,那个霜染大地的清秋
我心中,就长满了蔓草
一股凛冽的寒气,就跟着散淡的光线
向我漫过来

——原载《诗刊》2020 年 11 月下半月刊

给秦东写信

秋深时节,风不急不缓

秦东一带该是举目妖娆了吧

如果不是亲眼所见,你不会知道

这里山有风骨,水有韵味

和居住这里的人们,你会一见如故

时光在静默中逝去

记忆中的古村落、老街道已变成新模样

秦岭北的一座人间小城

满怀况味和慈悲

不单是阳光下的翩翩少年、山林中深藏不露的隐士

不单是风云变幻的年代

被写进岁月册页……

秦东内外，年年槐花飘落

浆果散发出香甜的味道

而塔楼的灯影下，有人在翻阅书卷

有人相约新朋旧友

趁月上眉梢之际一起小酌、浅吟、谈笑

暮烟包容了万物之美

像我在傍晚时分，经常出现的错觉与幻觉

站在半山腰，想告诉你——

每个色彩深浅不一的秋季

你来不来这里，都值得为之渴慕与期待

——原载《四川文学》2022 年第 9 期

离别辞

好吧,即便能相送十八里
也到此为止
雨下得那么稠密
沉迷于旧事物的回忆可以戛然而止
不过,嘴唇上那枚红色印记
已成为我们爱情的见证
我们曾经谈起的地老天荒、海枯石烂
鹅嫚沟的秋日都会如数珍存

而我终将告别,在不舍的眼眸中
雾霭沉沉,雀叫凄清
看似迷离的叠嶂、树影和羌寨
覆没了我们形似而神更相似的心境

如果蜿蜒的野径静默如斯
此刻,我愿在逢缘峡深处,将你轻揽在怀
小声说:亲爱的,请不要为我哭泣!

——原载《飞天》2020年第4期

遗忘之词

忘记尘缘,与前世经过的山川、河流
你能看到,唤醒万亩草木的
是吹风,细碎的鸟鸣……

花朵在春雨里闪亮
但绝大多数,像被遗忘的言辞
让这些年的敷南村颇为黯然和破碎

巷子里走来摇晃的身影
如果暮晚无法辨识和相认,就请擦肩而过
让他一直停止于中年的阴郁

当我们说起一些陈年旧事

落在场院里的那只麻雀正催促时光变老

而挂在墙上的那副遗容

后来,似乎没有谁愿意再提

——原载《诗刊》2022年2月下半月刊

不负此情

不断告别,又不断亲近

一场惊涛骇浪般的离愁之苦如何完成?

缺失的问候

一封家书、一条短信难以弥补

必须待到万家灯火、举杯欢庆之时才算圆满?

月色不能破解的秘密

暂让它流落于日月江河

日月江河不能带走的长长忧伤

万亩草木且能替代

而北风吹不尽的荒凉之地

一匹良马,将不分昼夜驰骋踏遍

向昨日忏悔
但无须活在深深的自责之中
沉浸于如烟的往事尽头,一条昏暗的道路徐徐后退
我们这些年各自经历的悲欢
要在一场席卷天地的浩大秋风中完成

——原载《诗歌月刊》2021 年第 5 期

罗敷小镇一侧

傍晚静寂而巨大

罗敷河游移不定的风

吹不走南山坡遍野的衰草与松林

成群结队的羊只缓慢走过村西

令空阔之心愈加缄默

河道干涸,已无多少神秘可言

倾斜又弯曲的穹空下

石头被纷纷击碎,沙粒被连夜挖走

追赶星辰的人即将走上穷途

罗敷镇被赋予新的命题

祷词一经出口

时光的旋涡必将悲欢交替
之后,矮旧的院墙重新发着幽光
抱着漆黑与文字的人,一片沮丧

这既已虚妄的时辰
在迹象不曾显露的河沿上兀自消匿
我的片刻凝视,仅仅来自傍晚
飘忽不定的那一部分

——原载《诗歌月刊》2021 年第 5 期

十年后,再致家父

父亲活在我诗里已十年有余
他走上云端,兴许不是星空最亮的那一颗
却一定在故乡偏西的旷野之上

十多年过去了
还是忍不住想他
在我走过的李家楼想
在我上下班乘坐的公交车上想
在我说长不长、说短不短的旅途中想
想他自幼母亲亡故,与父亲挑起生活重担
想他一世清苦,想他刚活过五十七个春秋就撒手人寰……

他的妻子,亦是我母亲

这些年和我一直过着惝惶的日子

我的一双儿女，慢慢长大了，长高了

搬离李家楼三四个年头

可他还仿佛一直住在那里

不曾来过我们后来搬进的新居

他生前赐我以七尺肉身

而我一直过得卑微而绝望

我愿把每一天当作最后一天来过

因为我不止一次辜负了他

他咽不下去的悲和苦

我将要用我有限的后半生，默默承受

——原载《诗歌月刊》2021 年第 5 期

暮色

暮色暗沉
暮色使我们步履沉重、缓慢

在行人稀少，甚至有些破落的老厂区漫步
抬头去望，看不见有哪几颗星辉
自头顶闪烁

我们之间，无论是谁，都难掩心底伤悲
清冷与孤寂之间
我们身旁干涸许久的杜峪河
裸露出深海般的宁静

我们边走边谈

谈到秋天,谈到远方和命运
可这个就要消逝的秋天,仿佛再无什么可谈
一场无法预知的厄运
闭上了一扇永不再开启的大门

情同手足的人啊
当我们挽着手臂,一起走向灯火阑珊
一种泣不成声的呜咽
一次又一次被苍凉的暮色湮没

——原载《飞天》2022 年第 3 期

小区之夜

多少生前事、身后事
都不愿再次提及
多少是非恩怨，终究成空

在那暗下来的光阴里
如果这些天依然悲情难掩
你们所经历的一切
分明是杜峪河岸垂败的杨柳
是夜空中的那颗孤星

不能再去翻阅那些旧照片
不能再去抚摸那些遗留下来的衣物
侧过身子，我甚至不忍借着灯辉

再看树丛中，那张灿烂如花、满脸稚嫩的笑脸

——必将为之哀痛
荒凉夜色中，这冷酷的人世
异常清寂的小区一角
无边的黑暗，正从我们望不到尽头的小径上
蓦然升起

——原载《飞天》2022 年第 3 期

雪要落下

雪落旷野

雪落百里之外,我的故乡

原谅我在一列穿山越岭的绿皮火车上

又一次想起你们

这一年的秋天刚刚过完

你们从无尽的悲苦中还没有脱离出来

可雪要落下……

雪要落下,我忧心忡忡

就像此刻天空灰暗,大地迷蒙

我害怕你们流成长海的泪水会结成冰块

你们善良地活着
为什么要遭遇多灾多难的中年？
为什么携手经历了近三十年的风雨人生
还要承受更大的厄运？

世间万物，原来不是我们想象的那么简单
那些生死之事，原来可以如此轻易地横陈在我们面前

雪要落下
雪落向黄昏下，我遥远的故乡
而我无可奈何
只是在这冰天雪地的异乡，真的很想你们
想你们怎样过好，这个难熬的冬天……

——原载《飞天》2022 年第 3 期

繁星

盛宴伊始,你还不曾来到子午仙谷
蝴蝶一直在飞,衣袖里的盈盈碎银,不小心丢失
万物因为获得光辉而长盛不衰。不来也罢
莲蓬上的水珠,依然在静默中,闪动着永恒的光泽

当我无法分辨去途和归路
月亮湖畔传来叮叮咚咚的回声,让我溯源而上
群星此时如大海,虽无波澜,却起伏不止
具体而抽象的思维里
一切虚妄之物,皆会因此披露真相,破绽百出

请什么也不要想,无法触摸的穹空下
风声停止呜咽,秋天深处传来的一道密令
掩藏着你此生再也见不到的一副倦容

——原载《四川文学》2020 年第 10 期

第三辑 被云朵追赶

如果轻雷就此成为一场天涯旧梦
我愿我是远空的云朵
追赶着另一个虚构的自己

鸟巢

当我爬上群峰之巅

霞光铺满大地

比云彩还要绚烂的那条枫林道上

一只鸟巢吸引了我

选择此地安家落户

我不会惊讶

飞翔于崇山峻岭

从异乡宿命般逃离来到这里

也许只为绕树三匝

栖枝而歌之后，落脚于此

卑微如斯的一生

可能从一只鸟巢开始和终结

寒风吹了过来

我有些替它担忧,这个就要来临的冬天里

摇摇欲坠的鸟巢

和它的主人怎能挨得过去?

转身离去之际

鸟巢一直在那里,守着寒意

即使自生自灭,也可能无人知晓

因为我没能力,也没办法

把它从树顶移走

——原载《西部》2021年第5期

飞渡峡里的鸽子树

细雨刚过,闪闪发亮的露珠
挂在花瓣和草木之间
这一次,我们和晨曦不期而至
飞渡峡深处,接近葱茏与繁盛
天空如此透亮
来自异乡的风,一直在清幽地吹着,吹着

洁白的叶片在静寂中悄悄舒展
低头或张望,都不能掩饰
它素净雅致的样子
和它一副看似要飞起来的样子
万物各归其位,而廊桥边这棵鸽子树
不畏风雨,不惧烈日

让我对它始终保持内心的敬仰

苞片上，几声鸟鸣传来
清脆了整个山林和长径
阳光披覆一身，我的沉默不在远山近水
在这无声中的静寂，和这静寂中的鸽子树

飞渡峡迷人的气息几近完美
我守着薄薄的心事
在等候什么，又似乎要弃绝什么
就是不愿被这棵振翅欲飞的鸽子树带走

——原载《广州文艺》2020年第3期

大树村的正午

蜂群之上,正午的心事皆为邈远
三只麻雀绕过樱桃树后,吵闹不休
丛林那么绿,远空那么蓝
那些在旷野中散发香味、招摇姿态的草木
被明亮的光泽暖暖照耀
不管你的脚步轻缓还是急重
幻境般耸立的山体,日夜追赶着
一条奔向异乡的河流

大树村,在此驻守了三百五十年还不够吗?
是要撑破云层,将手臂伸向穹空
还是随着田间耕作的姿影,趁日暮返回村庄?
或许都不是

她吸纳天地灵气，倔强地替很多人活着

好像从没有什么事在此发生，又像一位饱经沧桑的老者

永不逃离河岸和村庄

在深山故地，只把真实的想法

告诉给春光和秋月

也告诉给孤悬群峰之上，那颗最遥远最明亮的星星

——原载《广州文艺》2020年第3期

黎明时分

有时活着,还是在凌晨出现
又一次打开门闩后,从李家楼北口,消失于曙色
不管风吹日晒

沿街人影稀少,唏嘘凋零,甚至听不到自己的脚步
其中最为匆忙的,是哪一个?

鸟声若断若续,和空中摇曳的落叶
混淆了秋天的概念
清冷的马路上,一颗凡心清晰的纹理
不在昨夜的梦魇深处,而在日出前的祈祷里

曦光如水。能够留住的,是纷飞的蝴蝶

是命运的宽广，与不曾停止、周而复始的世事

向死而生的愿望，在镜子反射出一道光
湖波粼粼，悬铃木转身便是枯枝

要遇见哪些人哪些事
要经历多少黎明
才能在这城市偏西，看到一个人的孤苦和背影

——我怀疑，他并没有消失
苟活于这茫茫人世，令人疼痛和思念的
是我唯一不能说出口的那个人

——原载《北京文学》2020年第9期

下午的信札

我在整理一堆信札。从旧物里
安静的下午,阳光正暖
有些字体还依稀可辨
有些或发霉,或腐烂

如果时间不曾使我们相互遗忘
那些含混不清的问候
多年之后,应该即刻变得明晰起来
信封上的空白处
还应该存留着你笑靥如初的神态
和亲切的口吻

当熟悉的称呼变得陌生起来

我知道,至交已成故人
时间的深处,我还未来得及转身
未来得及回味
昨天的一切,就恍然成为春日幻影
或时光中的一个盲点

——原载《广西文学》2021 年第 12 期

酒后叙事

一场宴席,要持续到深夜
一次偶遇,要用相邻两个省份完成
春天了,分明还有些微凉
而未尽的酒事与言谈,还没有彻底结束

川道上,谁唱着苍凉的秦腔
赶着羊群,走下坡地
那个下午,你指给我的高坪小镇似曾昏暗
有人背井离乡,远赴异地
有人苦守家园,终老无依
在下梁河,或陈家沟,那些晃来晃去的影子
像风,像雨,像留不住的青春年华
更像你经临过的陈年往事

四周空旷，存留下的，多半是春天的绿色印记
你忧心忡忡，踏上林荫小道
像是要把残留在体内的碎渣悉数清空
满地的荞麦花开得正旺，小小的汭河无声流淌
你把迷离的眼神，此时投向荒草
给了夜空闪烁的星辰

似有几分醉意的滨河路
要知道，那些逝去的日子已无返回的可能
一杯烈酒难以消解的事物
一直在暗处，在无人知晓的角落
它是想借着酒劲
向我寄居几日的小城低声说句：晚安！

——原载《广西文学》2021年第12期

失眠者

没有什么能够替代幻觉

虽然面容无以辨析,烈风再次敲打窗棂

胸腔汹涌而来的潮水

终难覆平突如其来的明天

像酒徒溃败于决斗场,像不可名状的暗处的事物

令悲愤的时刻哑然失语

十二点钟声已过,接下来将是寂灭、无望与窒息

"假使黑暗没有预留出口

昆虫的鸣叫也必然彻头彻尾……"

现在,更深的夜晚加剧着时光流变

在我们相互告慰的片刻

过去终将成为过去,却为未来获得了片刻安宁

星体各自发光,而炸裂的声音作哑默状

如果我们还能从暗淡的眼神

看到疏枝忽隐忽现

那分岔的小径上,新的物种又如何诞生?

摇摇晃晃的木屋内留下残喘

秒针旋转着,催促着时光的深度

在不为所知的角落,你遇见的无比幽静

如同深不见底的渊薮

——原载《广西文学》2021年第12期

关于一只咕咕鸟

手指上,琴弦如淙淙细流

低回而优雅地响着

这仿若静止不动的良辰与美景

没有谁看见,一只咕咕鸟飞离的方向

可不言不语的石头说它看见了

满山坡的花草说它看见了

看见廊亭外,咕咕鸟离开时

长风压低了黄昏

似雪片纷飞的芦花获得了自由

这咕咕鸟最后的家园

因悠长琴声,加剧了沉沉别意

我想那些落魄的灵魂会从远方返回
一些悲伤的字眼，长不出翅膀
仍然停留在黄昏的低处

那只仓皇而迷离的咕咕鸟，愿它的离去
不在凄厉的惨叫声中
不在断崖或无人的旷野深处……

——原载《西部》2021年第5期

未知的春语

我们只是从车窗
向远处探身张望了一下
耳熟能详的漆水河、漠浴河和沣河
便在陇海铁路线两边咆哮起来
当我们略有迟疑,停留在时间的拐弯处
即使偶有繁星与皓月靠近
也无法说清一个季节变幻出的真相

那些被磨损和削减的碾盘、石柱、瓦屋
正被新生的事物一茬茬替换
几辈人久居于此
他们一定知道,杂草覆盖着过冬的田鼠
五角枫下生长着紫苜蓿

教稼台上,松柏苍然,诵读朗朗
却不知道,一列西去的火车终点会是哪里

对于三月的一次遇见
我们也许有更为喜悦的表达
但最后,我们都在山川交会处
在铁轨与公路并行地带
瞥见温柔而神秘的眼神后,风一般地消失

——原载《中国铁路文艺》2022年第5期

故居

是的,再没有人来住
包括先我们一步而去的人
包括那些早年的辛酸与愁怨……

仍不能说出一句话
对着低矮的墙,和破败的瓦檐
泄漏下的光线不是秘密
是融进尘事的对白

需要向两只麻雀致敬
——孤独歌唱,并无人赞美
绿了又黄的蓑草
知道月亮瘦小的原因

日子生了铁锈一般
追逐俗世静谧的阵风
它不曾吹醒什么
只是默然地投来含泪的注目礼

——原载《特区文学》2021年第6期

灯火之外

断崖上,舍身忘义的人潜入暗夜
四周空茫……
留下的微光,是词语里的热望和希冀

一天的喧扰成为影子
在这个秋日模糊并沉落水面
戏楼上不再有咿咿呀呀,一腔仇怨
包括旧爱,呈现在爬满斑纹的脸上
有了几分欣喜的味道

灯光涌来时,遥远年代的残荷和雨声
汇聚成河,从尘世里一路流向月空
无须吟唱,古渡口寂然无声

因为有人冥思、追寻

我所抵触的尘世，再无晦暗的梦……

——原载《飞天》2020年第4期

时间之伤

马车去往天堂
鸟声和我却在春天相遇
那些苦楚,我必须侧面记下
用于驱走午后的雾水
沉浸成早年模糊的印记

我是如此不安
一直用风声倾听,借雨中倾诉
人世间,荒凉之词轻慢
经过我空心的傍晚
它们就无情融进故乡河的落日里

还想和你悲伤地说点什么

看看这异乡的小镇

这轻薄的一生

一如花瓣自眼前翻飞,继而凋零

如果说你和此生还有某种约定

这依然是时间之伤,给我带来的

一次疟疾

——原载《诗选刊》2020 年第 5 期

疏离

这个时辰，焰火窜过栅栏
根须向深处蔓延，不明风向的飞行物
在旷野里留下一道优美弧线
多少往事遗失在一段不置可否的琐忆里
无法忘怀的人，彷徨于早春之外
而要等到梨花盛开，还为时过早

蓝蝴蝶附着于藤蔓
它若择良木而栖，流泉必顺着山涧流淌
被夕光一再镀亮的翩翩落叶
拥有沉默中的祷词
这让我相信，尘世上相互钟情与倾慕的万物
皆不忍目睹别离时的感伤与悔意

——原载《鸭绿江·华夏诗歌》2020年第4期

宿命

急匆匆从远方折回

并不是因为乡下无月

有时,草间弥生的清凉

会让几只蝴蝶搅乱一场幽梦

这年岁,没必要再自己和自己较劲儿

也不会在甲壳虫路过九月时

把藩篱内几近委顿的花朵看成秋天的暗疾

尘烟拥有和我融合的决意

却不一定能看清

早年亡故的乡里人

在旷野来回移动,形似一个个黑斑

——原载《飞天》2020年第4期

醉醒之后

最深的梦魇,被雷阵惊醒
一道惨白的光线,趁势而为
看不到穹空苍远,看不到
星辰与日月背负的岁月
领着荆棘、灰烬和忘不透的暗影
一路朝南山深处缓慢向前

任酒意兀自挥发
此时,有无一首好听的歌准时响起
也不知黑漆漆的屋子有无故交
院子里的桐花还是落了
失去亲人的哭声,依然占据了大半夜

如果不能握紧你手
就让夜色继续温润周身
让刺骨的北风，继续吹向
我干裂的嘴唇和发渴的喉咙

花草茂盛的地方
爱的幸福在隐忍中顽强生长
多少次，在南山酒醉之后
我无端陷入一场不可遏止的怀念
像是要在受过重伤的日子
倾听一个人，如何低声唤回
从南山走失的那颗魂灵

——原载《山东文学》2022年第6期

在一处群雕前

如果石头会说话
这些精美的石雕自会歌唱、吟诵

站在石门镇的一处群雕前
我惊叹于手艺人的技艺因何如此高超
形神兼备的外貌凝聚着超人才华
而一条条清晰的纹路
则揭示出制作时的独具匠心

一双结满老茧的手,有着你无法想象的灵巧
一把小小的刻刀,闪现出灵性智慧的火花
在充满思想的头脑背后
石头也许冰凉如斯,但这些雕像却不

它会发声，会轻舞，会打开我们的奇思妙想

这些隐藏雕像内部的秘密重见天日
也许只泄露了半分
但在被世人目光锁定的地方
它却一直没有被时光消耗和磨损

靠近群雕
靠近它历经的流年、岁月
我安静的身体，像骤然掀起一阵风暴
与海浪、与松涛汹涌而来

——原载《伊犁河》2022 年第 3 期

抒情的雕艺

轻轻抚摸,或暗自端详、揣摩
这些活灵活现的雕艺,你能想到什么
生动如初的画面,还是狂放不羁的图腾
抑或完成一次丰富而瑰丽的想象?

这些神态各异的表情
仿佛与生俱来,并无他物替代

它们的刀法、线条、面相、姿势
透着原初的神韵,凝聚着美感
令所有的爱怜之心与艳羡之情陡然而生

这些展厅里的静物,让我不止一次想到它们

动起来、跑起来,甚至飞起来的样子
想到它们散发出来的气息,令人如此着迷

我为此敬仰这来自民间,又回到民间的技艺
赞美这些出手不凡的能工巧匠
为我们换回美轮美奂的生活

——原载《伊犁河》2022 年第 3 期

深冬帖

阳光正暖
明亮的光线照在几盆剑兰身上
也令垂挂在护栏的绿萝鲜绿异常
安详的午间
我不能确定,春天指向哪里
哪里又会发生什么
因为每一次凝望远方,或闭目冥想
都不能将我游离的眼神带回室内

我想说,这个冬季有点干燥
印刷厂外的小树林肃穆而冷清
空廓的郊外难见雪花落下
因古老而陈旧的回忆

遥远得成为不可触摸的物种

而彼时，曾坍陷的时间

在过于晃眼的午后

带着质疑与诘问，纷纷站立起来

——原载《诗歌月刊》2021年第5期

石头有它自己的远方

沿着河滩奔跑

沿着一座村庄奔跑

沿着回不去的童年奔跑

沿着约定俗成的季候奔跑

沿着弯弯曲曲的乡村公路奔跑

沿着惊雷与雨雾弥漫的晨昏奔跑

沿着不可遏止又不能复制的梦魇奔跑

沿着一个人需要一生背负的艰难走向奔跑

这不要命的石头

这野性又温柔的石头

这身经百战不屈不挠的石头

这经过无数次锤炼与锻打的石头

这上得了厅堂又下得了地狱的石头
这看似光秃秃内部又凸凹不平的石头
这离开山野既久还能回到我们身边的石头

所有的这一切，都是因为石头
有它自己想要的生活，和它自己想抵达的远方——

——原载《诗歌月刊》2021年第5期

苦夏

廊檐外已无夕光

棕色的古原，四处游离的万物离去又归来

薄暮里，青草矮小，天空凹陷

延续伤口的记忆，长成了一蓬一蓬荒草

现在，世界安静下来

那些以鲜花浅唱过的园子，无人再去

被黑暗不断修复的心灵角落

满含悔意、羞愧与哀怨

我留意到，闪电过后的后山坡上

布满梦境般的谎言

——原载《鹿鸣》2021 年第 3 期

被云朵追赶

曙色渐亮,我早年去过的那个小镇上
桂花次第飘落,你能闻见
一阵香味扑鼻而来
如果轻雷就此成为一场天涯旧梦
我愿我是远空的云朵
追赶着另一个虚构的自己
许是滚滚而来的尘埃
隐含着悲悯之歌
花丛中,蜂王蜇疼的伤口
在预期的日子内难以一夜愈合
而那个无所求且无所欲的人
放弃低吟和呼唤
坐在一张雨水洗净的藤椅上,看惨白的花束
变成云朵的样子,为命运所驱逐

——原载《鸭绿江·华夏诗歌》2020 年第 4 期

雪后初霁

睡梦过后,大雪停在午后
粮草上的鸟声,再次与我失之交臂

一个人品茗、发呆、赏景
一个人起身又坐下
仿佛陷入混沌而蒙昧的旧时光

那些美而虚构的事物
与我相距甚远
几行零乱的诗句,在窸窸窣窣
行进的西风中,散落一地

只有一团异乎寻常的蓝光
涌进小屋窗户时,一声也不响

——原载《扬子江诗刊》2020 年第 6 期

暮雪里

时日渐深，长天毫无泾渭分明的迹象
当寂寥向四处蔓延
阴影里徘徊的我，等不来你的归期

松树坪上空空荡荡
野雀远飞，草木垂首
离我最近的石壁和土墙枯藤缠绕

我俯瞰一座古老的村庄
怀抱苍茫，散发着衰败气息

犹如当年旧时代的镜像
再深远的暮色

也不能令一场狂风无端席卷

积雪覆没了烟尘,铺满人间
难掩愤恨与贫穷的那个人,路过那里一次
伤悲陡增一次

——原载《鸭绿江·华夏诗歌》2020 年第 4 期

天比之前更冷了

没有风吹,院子里的枝条
也会因苍冷瑟瑟发抖
两只麻雀从此逃离,速度飞快

当我在一张纸上,写着失败之诗
女儿吹口琴的声音,此时
变得嘶哑起来

周日傍晚,我没能去陪她
亦无闲暇去参加酒宴
但有时间空想,或整理书架上的一堆旧物

对面搬空的楼上,已物是人非

那些破败、杂乱、废墟
像我怀念过多次的旧年月
必将此后了无牵挂

闪过脑海的那些火花终将熄灭
犹如一段苍凉的梦境,经过风霜侵袭瞬间消失
这多少令人有点伤感
因为消逝的昨天苍白而空蒙

而我,还时常要忍受
时间和空间之外的灰色地带
持续性的战栗

——原载《诗歌月刊》2021 年第 5 期

天亮了

十字路口,风吹拂面

爬墙虎上的粉蝶

又一次从晨曦的罅隙里被春天窥见

瓦蓝投射进逼仄的巷子

却无从消散城市中央暗起的波纹

晨曦中,晓月不再

怀揣闲云与忧伤的那个人

把杨树林、梧桐林渗下的斑点

说成一段皱褶的旧光景

埋下失意,埋下愁怨的种子

拄着拐杖的驼背老人

缓缓地穿越天主教堂的钟声
他看到曙色渐露,新辉初上
他静默的内心,看淡了开在菊花之间的
一世清苦

——那流水般远去的时光
在神秘的过往中,留下残缺、尘埃
令命如蝼蚁的芸芸众生
用瘦弱的双手,托举一棵鹅黄的嫩芽向上生长
像托举着人世间的细碎,与寡欢

——原载《六盘山》2020 年第 4 期

风雪事

夜色不阑珊,似水冰凉
我盼风雪夜归人
却盼来雪压枝头的扑簌簌声
盼来细碎之光倾泻而出

在城西,深冬继续着长安的旧梦
我和母亲日复一日加速着衰老
我深知,她落下的病根无法痊愈了
她对生活的忐忑,埋藏心底
父亲走了十年有余
我们一直过得恍惚而迷离
纸上的故乡近乎虚无

还是这样的夜晚
我们互不作声,坐在客厅看电视
厌倦的陈事浮现脑海
这一刻,室外风雪交加
树条再次鞭笞窗棂
似有看不见的异物,沿着天昏地暗的城西一角
汹汹而至

——原载《滇池》2021 年第 2 期

阑珊处

请让暮晚的颜色再深一些
建国路或东三道巷,脚步匆匆消失之后
明天将会是什么样的情形
我无以言表
因为经临的十字路口,雪花没有出现
从郊区返回的短途班车,又一次晚点

灰烬明灭,毫无所果
我看到的屋檐下藏着哀伤
一个失语的妇人坐在门槛上
不断地东张西望
她对明亮的光线期盼已久
对深情的问候置若罔闻

如果一份黑夜的证词
需要在这个暮晚准备
都市的一隅，又该有多少秘密
会被人为地布设于幽暗之处

我想漫无目的地走过
我想以一曲理查德·克莱德曼的钢琴曲来减压

那张看不清的脸庞背后
唯一能相信的，是它又一次沧桑与衰老

——原载《滇池》2021年第2期

月亮湾侧记

细雨落下,满腹稠密的心事
为新鲜的松枝和花草所动

这里已无当年的流云
一起走过的路,一起度过的日子
如果不曾消失在春天尽头
一定有隐忍多年的爱
尚停留在举目可望之处

譬如:左侧的月色
譬如:右侧的琴声

当浅灰色的天空掠过丝丝凉风

试问伊人：今夕何年？
又问自己：浅吟低唱又是为谁？

撑着油纸伞的人
款步而行在月亮湾的小巷
无论晨昏，她只把最深情的一瞥
投向人世间最温柔的事物

——原载《飞天》2022 年第 3 期

访文庙

庙宇外，古柏森然，静寂无声
一股热风，到此戛然而止
作为信徒中的一位，我屏住呼吸
毕恭毕敬，双手合十
为年迈体弱的母亲许下心愿

春天来得这么晚
用旧的山水，与念念有词的佛语，有了某种感应
不同的是，几根松针从发梢滑落
如遗弃过的光阴，至此变得格外平静

身边植物长势良好的姿势
把我从俗世，还原为一滴雨、一缕光

抑或一粒微尘,但悄无声息

一扇木门,被人推开,吱吱呀呀
我看到,万古不开花的铁树
任凭冰冻霜欺,从不恐惧
始终如一地把守着人间的良和善

——原载《鹿鸣》2021 年第 3 期

倾听者

不是今生所有的遇见都称之为美
桦树林又一次哑默着
天色,露出了几分枯涩

石梯旁的苔藓原始而古老
我们停留或离开
都是琥珀色的峰峦所默许的

那些不能谈及的尘事,在中途遗弃
比如飞花,昏鸦,月色
岁月长河变幻出的刀光与剑影……

一只磨破皮的脚

不能赶赴另一座寺庙
烟雾中散失的萧萧之声
无法在诗行里比拟为欢唱的凤尾竹

多少年,我一无所知
听暮晚的回声,在远处的山谷呜呜呜地低唤
像被谁窃走了命运的玄秘部分

——原载《鹿鸣》2021 年第 3 期

无月

饱满的情绪开始减温
夜黑漆漆的,与看不清的不明事物一起厮守
微弱而细小的话,暂不能脱口而出
嘘——我想我只能是我自己
任躯体随着佛音行走

时间如同黑洞
令我再度陷入无助与迷茫
硕大的叶子和密集的藤条贴近身边
石头和水泥砌成的村庄几成废墟

为什么谎言还在横行肆虐?
为什么种子即将发芽却会发霉?

为什么星光隐遁,被雷电击退的生命从此消失?

我们判断不出各自的孤单有多深
凹陷的眼神,冷风中持续隐藏的呼号
在一个词语和另一个词语间再次相遇

一处不能消除的伤疤
无月之时,不是举起一枚灯盏就能照见幽暗的事物
而是因为卑微的生命,一直消匿于夜的暗处

——原载《芒种》2020 年第 9 期

旧书,兼致可田兄

秋意阑珊

行道树上的紫丁香,带来一股清幽的味道

几番风雨,我们渐渐爱上的苍黄

仿佛只在别处,为西天的一片晚霞遮拦

越过十月的门楣,果树下的残骸

有了超脱的意味

那束之高阁的册页哗哗响着

没有段落和词语

却像一本尘封的旧梦,供我们彻夜默读

这个时刻,周围的事物安静下来

我已忘记是哪一年哪一月

花开着开着就兀自凋谢

我们的童年,就各自丢失在别人城市的街头

一本旧书,蕴含着太多温暖的字眼

我们作为生活的旁观者,却不能轻易抠掉

昆虫的喘息隔着月夜、秋霜

因为亲人陆续离开

可供我们反复吟哦的诗篇已经泛黄

可田兄,时间存留的遗物

在一个又一个季节深处隐现

你读旧的那本诗书,我用弯曲的十个手指

无力翻阅……

——原载《芒种》2020 年第 9 期

钟声响起

林涛又一次呜咽着,经过万泉寺
遁入空门的人徒手而归
将要在傍晚被运走的旧时光
从不问鸟的浅鸣,与风中伤悲
只从暗中窥探万物生灵
自早春二月,渐自复苏的那一刻

一场睡梦惊醒过后,你面对空茫
左边是失意,右边是惶惑
能够与静寂交换心绪的时刻已然不多
行将逝去的年月,每一处都蹉跎过往事
每一幕,都将再难复现

脸上布陈沟壑,胸间隔着山水

无形的岁月门槛之上

虽有彼此挂念,举杯豪饮

但又有多少月光

能够抚慰我们双肩,却不能挽留

像庄重的仪式,迎接君王来临

像翻转经卷的手,不能停歇

聆听划过傍晚的钟声,不从春天传入

就无法不把卑微的生命

埋首至尘世最低处,一颗细小的尘埃里

——原载《延河》2022 年第 12 期

春日,罗敷镇

与母亲行走乡间

土路或水泥路,都会在车子驶过时

扬起一阵巨大的灰尘

虽山水依旧,穹庐在野

漂浮不定的隐秘事物,总以为会消失在远方

这个春日,比我想象的更为空落

村庄静默,交替出生老病死

原野上空的光线,分外刺眼甚至灼热

靠近渭河南岸的桃花林

与秦岭北的桐花,更像听见春天一声指令

变幻着不同的颜色与气味

经年已过,母亲老了,我亦不再年轻

我们母子并肩,从异乡回到故乡

看过了病重的乡邻

还要去坟头,看望我沉眠十余载的父亲

没有春天的罗敷小镇,空旷得有点不真实

那些陌生的面孔我至今无法相认

凉风吹过时,我脆弱的神经

会跟着战栗一次

没有人知道这到底为了什么

原野尽头,出现绿意的草木和一片油菜花

似乎在深情地交谈什么

但我听不见,也无心辨别

我只想把年逾七旬的母亲的手

握得紧点,再紧点

——原载《延河》2022 年第 12 期

湖边琐忆

如果你不曾来过
就不要说这里遥远、荒凉
晨曦中的水面,闪着粼粼波光
映射出我起了皱褶的心底
阳光温暖过脸颊,轻风拂走一身尘埃
望不到边际的旷野上,暗涌出生命的无限张力

万物各归其位,又各有行程
围着偌大的月亮湖
就像秦岭高高在上,须一生仰望
而众多模糊的疏影、鸟鸣又尾随我身后
此时,我必然遵循内心的法则:
想独自拥有,说出赞美之词
又想慢慢地指给你看,说给你听

——原载《诗歌月刊》2022年第12期

雪原

看到原上雪落
忽然有了停下来的想法
天空或灰白或昏黄已不重要
应声倒下的疏影遍地起伏
仿佛我们之间的生死
隔着余光与莎草的距离

人世间的悲欢莫过于此
有时比骨头还硬,比心肠还软
有时比鸿毛轻几分,比顽石重几百倍
暮晚下,苍茫的天色自身后渐沉
向落水倾诉的人不见踪影
只有伫立原上的那棵青柏、那座坟茔
在寒意深深的冬日最为醒目和冷清

——原载《延河》2022 年第 12 期

结束的篝火晚会

火焰熄灭,夜空变得残缺不全
载歌载舞的人去向不明
园子里的平地上重归平寂
当冷风吹遍了周身
高悬的月亮开始踱步另一个山岭

而消逝的星群仍在心头闪烁不熄
炭盆里,熄灭的磷火几成事实
我又一次听见,籽粒挣脱果实内核
哭泣着奔向泥土
树枝上的那只昏鸦悲鸣着
和我在飒飒秋风中,擦肩而过

——原载《扬子江诗刊》2020 年第 6 期

登铁钟坪

中秋一过
多数花朵枯萎于铁钟坪的冷风
另有散落山巅的万寿菊
黄得耀眼和心颤
流露出不愿离去的痕迹

无论晨雾暗涌,时光稀疏
更多的植被如绿毯肆意铺开
一片又一片,白茫茫的
令人看不到任何远处的事物

雨水顺着发际落下,淋湿了衣服
淋湿了长长的木质步道

但无法阻止
我们执意抵达海拔超越 3000 米的高度

天地如此悠远、空蒙
裹在我们身上的雨披替我们抵挡阵阵寒意
只有落在人间的万亩花草
替我们活在尤为珍贵的崇山峻岭之间

——原载《诗歌月刊》2022 年第 12 期

听风

倒下去的疏影遍地横斜

一处灌木丛,为远郊的暮晚埋下伏笔

而秋天的笛音,只管行走在落花与流水之间

那些遗落民间的陈年旧事

现在更像一场残局,不可收拾,不可挽回

隔夜的茶味依然香浓

一只夜莺在茕茕孑立中孤独歌唱

没有歌词,更没有漫过树林的寂寂风声

听起来那么幽怨,而略有哀伤

有千万个理由,也不能不辞而别

罡风吹得旗帜哗哗作响

多少年华,让多少人一夜之间,就忽然白了头

如果一只抚摸额头的手掌伸过来

我经历的这个暮晚,无疑会变得愈加宽厚和冰凉

——原载《延河》2022 年第 12 期

晨曦之上

黎明的大幕,在万物复苏中渐自拉开
大地又一次完成了它清晰的剪影

雾幔中,一潭湖水表面平静
那些已被命名,或尚未命名的花草
都竞相走在朝霞前列

我的一颗卑微之心
应该安放在月亮湖深处,与她结缘
与她共守到老

沧海桑田多少年,我不得而知
但我愿意,隐忍尘世上所有的不欢

把最私密的话,说给她听

渭河平原上的曦光,不是一般的温柔
月亮湖的水,也不是一般的幽深
睡莲漂浮,芦苇摇曳
我和她,一场刻骨铭心的爱情故事
仿佛就要在茫无涯际的天地间,悄然发生

——原载《诗歌月刊》2022 年第 12 期

后记

　　阳光散淡，云影飘浮，天空变幻成一团青灰色，与斜阳渐渐相融于远处的山脉，喧嚣的一天因之变得虚无而缥缈。再往前，碎石铺就的小路尽头是一大片久无人至的废墟，落叶凋零其上，偶尔传来几声鸟叫凄切悲凉，一股浸人的寒意从背后无形而至。而更远处，遍布着再无从前迹象的村落与高楼，一座车辆奔跑不息的高架桥横空而过。

　　居住了近三十年的城西以西，从熟悉到陌生，从惶惑无措到安然淡漠，是什么改变着生活的图景，又是什么模糊了我对现实与未来之间的空间感与想象力，我不得而知。

　　这样的傍晚，已然是仲冬时分，我的独自徜徉与沉思常处于一片空白或停滞状态，就像我为此写下的一首首无用之诗。

　　但无法不承认，我们的生命总是无处不在地充满种种机遇和可能，更不会亏欠每一个善待她的人。于一个多年执着于诗歌写作者而言，沉浸于这些来自心灵深处的分行的文字，虽不能构成生活的全部，但她几乎就是我生命的某一重要部分，一直伴随身边，间或弥补我理想生活中的某些细小缺憾。在生活与诗歌之间，我的行走和写作也许最终是徒劳的，但我一直不曾放弃心中的那份热爱。

因为热爱，我无数次写山河故土、花草树木、亲情乡音等等，仿佛找到了精神的原乡与生命的河床。因为热爱，我在不够完美、不够厚重大气的诗行间，寻求到了灵魂的寄托和信仰的高地。一首诗、一组歌和一部作品集的诞生，让我觉得自己有时还能够对着群山和碧空自由呼吸，能与万物对话，与时代同频，我已甚为满足。但我能想到的和能写下的，终究少之又少，我为此时常质问自己，除此而外，我还能干些什么呢？我仍然不得而知。

现在，只有这些或稀疏或密集的文字，令我的情感得以释放，也满足着我小小的虚荣心。诗集中的部分诗篇也许根本谈不上成熟大气，与文学的精神内核和思想深度尚有一定距离，但无一不是我个人心灵史与生命体验的融合，是我长期以来把南山作为创作意象和生活背景的文本表现。其实，这些都无用的。在"无用"之外，我却意外地捕获和搜求到了那些"有用"之物，即就是说，我愿意用一些干净而明亮的文字擦拭眼睛和内心，把苍白而肤浅的句子作为点缀，伴我日复一日地虚度这无尽的光阴。说这些文字温暖过我、慰藉过我，或者令我沮丧和感伤，我亦欣然接受，无论怎样，选择诗歌这么多年我从未后悔和怨恨过。我的前半生与诗歌相遇，后半生还会与它相随。哪怕它小如豆灯，闪烁出一丝不易察觉的微弱之光。

铭记那些在诗歌之路上多年关心我、帮扶我的诸多师友，我坚信我会一直默默地写下去。

　　海德格尔说，诗人的天职是还乡。南山下有我的永生永世的故乡，我的一生都在返乡的路上。